FIELD

The Old Oak Palace

Elderberry hodge

weaver

Dairy

mill

Laundry

Butter meadow

ELD

willow bields

The Voles Holes

when the wedding party ended up

THE
PRIMROSE WOOD.

찔레꽃울타리

BRAMBLY HEDGE

바다 이야기

질 바클렘 글·그림 | 강경혜 옮김

마루벌

질 바클렘(Jill Barklem)은 영국에서 태어나 세인트 마틴 미술 학교에서 일러스트레이션을 공부했다.
바클렘은 자신이 태어난 에핑 숲을 모델로 이상의 세계, 찔레꽃울타리를 만들었다.
구성하는 데 총 8년이 걸린 찔레꽃울타리 시리즈는 뛰어난 작품성으로 전 세계에서 인정받고 있다.

바다 이야기

질 바클렘 글 · 그림 | 강경혜 옮김

1판 1쇄 펴낸 날 | 2005년 12월 7일
2판 1쇄 펴낸 날 | 2024년 7월 30일

펴낸이 | 장영재 **펴낸곳** | 마루벌 **등록** | 2004년 4월 1일(제2004-000083호)
주소 | 서울시 마포구 성미산로32길 12, 2층 (우 03983) **전화** | 02)3141-4421
팩스 | 0505-333-4428 **홈페이지** | www.marubol.co.kr

Brambly Hedge : Sea Story
Text and Illustrations Copyright © 1990 by Jill Barklem
First Published by HarperCollins Publishers Ltd., London, UK. All rights reserved
Korean Translation Copyright © 2005 by Marubol Publications
Korean edition is published by arrangement with HarperCollins Publishers through KCC.

KC인증 정보 품명 아동도서 **사용연령** 6세~초등 저학년 **제조년월일** 2024년 7월 30일 **제조국** 대한민국
연락처 02)3141-4421 서울시 마포구 성미산로32길 12, 2층 **주의사항** 종이에 베이거나 긁히지 않도록 조심
하세요. 책 모서리가 날카로우니 넌지거나 떨어뜨리지 마세요.

찔레꽃울타리 마을

시냇물 건너 들판 저 너머 가시덤불이 **빽빽이** 뒤엉켜
자라고 있는 곳, 찔레꽃울타리 마을에 아주 오래 전부터
들쥐들이 나무줄기나 뿌리 사이 굴에서 살고 있습니다.

사과 할머니

사과 할아버지

생활에 필요한 모든 것을 자연에서 얻고 자연과 더불어
살아가는 찔레꽃울타리 마을의 들쥐들은 부지런히 일하며
삽니다. 날씨가 좋을 때면 덤불과 주변 들판에서 꽃,
열매, 과일, 견과를 모아 말리고
맛있는 잼과 절임을 만들어
다가올 추운 겨울을 위해 창고에
잘 간직해 둡니다.

마타리 씨와
마타리 부인

앵초

들쥐들은 열심히 일하면서 즐겁게 노는 것도 잊지
않습니다. 일년 내내 생일이나 결혼식, 겨울 축제
같은 행사로 서로 축하해 주며
다정하게 지냅니다. 기쁜 일만 함께하는 것이 아니라
이웃에게 어려운 일이 생기면 힘을 모아 돕습니다.

머위

어느 여름날, 앵초는 아침 일찍 일어나 부랴부랴 옷을 입고 살금살금
부엌으로 내려갔습니다. 앵초 엄마는 벌써 일어나서 작은 가방에
비옷과 모자를 챙겨 넣고 있었습니다.

"준비 다 끝났다. 사과는 가는 길에 먹으렴. 배 떠날 때 개울가로 나갈게."
엄마가 말했습니다. 벌써 바깥은 햇볕이 따사로웠고 상쾌한 바람에
찔레꽃울타리의 나뭇잎과 가지가 살랑거렸습니다.

"와! 모험하기에 딱 좋은 날이야!"
앵초는 신이 나서 긴 풀이 너울거리는 들판을 가로질러 개울가로
뛰어갔습니다. 바위솔 아저씨와 눈초롱 아주머니, 머위는 벌써 배에
부지런히 짐을 싣고 있었습니다.

"이제 오는구나. 조금 더 기다리다 안 오면 그냥 떠나려던 참이었다."
바위솔 아저씨가 말했습니다.

시원한 바람이 배를 잘 밀어 주었습니다. 머위와 앵초는 갑판에 서서
아무도 보이지 않을 때까지 손을 흔들었습니다. 그러고는 갑판 아래
방으로 내려가 배 안 이곳저곳을 자세히 살펴보았습니다.
이층 침대가 있어서 앵초는 위에서, 머위는 아래에서 자기로 하고 각자
가져온 장난감과 옷을 정리했습니다. 머위와 앵초는 정리를 마치고
바위솔 아저씨를 도우러 갑판 위로 뛰어 올라갔습니다.

"괜찮을까요? 바위솔은 배 여행을 길게 해 본 적이 없는데……."
사과 할머니가 걱정했습니다.

"걱정하지 말아요, 여보. 바닷쥐들도 개울을 타고 올라와서 우리에게
소금을 주고 가지 않소? 바위솔도 개울을 따라 내려가 소금을 싣고
올 수 있을 거요."

"어쩌다 소금이 다 떨어졌는지 모르겠어요. 그런 적이 없었는데…….
호두를 절이느라 소금을 너무 많이 썼나 봐요."

"괜찮아요. 배가 이제 떠나려나 보오!"
사과 할아버지가 배를 가리켰습니다.

"자, 모두 탔지?"
바위솔 아저씨가 외쳤습니다. 돛을 올리고 밧줄을 풀자 배가 서서히
움직이기 시작했습니다. 드디어 긴 여행이 시작되었습니다.

머위와 앵초는 함께 앵초의 가방을 들고 가파른 계단을 내려가 갑판
아래 방으로 갔습니다.

"이것 좀 봐!"

머위가 책상 위에 펼쳐진 누런 옛날 지도를 가리켰습니다.

"지도에 우리가 갈 곳이 표시되어 있어요?"

앵초가 물었습니다.

"그래, 이 지도는 옛날에 소금 장수들이 쓰던 것이란다. 여기가 우리
마을이고 이 강을 따라 내려가면 바다에 닿게 되지!"

바위솔 아저씨는 꼬불꼬불한 파란 선을 가리켰습니다.

개울가에는 들쥐들이 배웅하러 나와 있었습니다.

다음 날 아침, 앵초는 개울가 갈대밭 사이로 세차게 부는 바람소리에
눈을 떴습니다. 눈초롱 아주머니는 벌써 일어나서 아침 식사 준비를
하고 있었습니다. 바위솔 아저씨와 머위는 책상 위에 있는 지도를
보고 있었습니다.

"오늘은 옷을 따뜻하게 입으렴."
눈초롱 아주머니가 말했습니다.
돛이 올려지고 다시 여행이 시작되었습니다. 머위는 아저씨가 배를
조종하는 것을 돕고 앵초는 아주머니와 함께 주위를 살피고 지도를
보면서 방향을 알려 주었습니다. 배는 바다를 향해 강물 위를
미끄러지듯 나아갔습니다. 오후에 차 마시는 시간이 되었을 무렵
머위와 앵초는 커서 탐험가가 되기로 결심했습니다.

배는 오후 내내 개울가의 풀숲, 큰 나무, 들판을 지나 흘러 내려갔습니다.

"하룻밤 쉬었다 갈 곳을 찾아 봐야겠군. 먹구름이 심상치 않은데……."

바위솔 아저씨가 걱정스럽게 말했습니다.

"여기는 어떨까요?"

강굽이를 돌자 눈초롱 아주머니가 물었습니다.

아저씨는 배를 개울가 둑 쪽으로 몰았습니다. 아주머니는 구불구불한
나무 뿌리에 밧줄을 걸어 배가 움직이지 않도록 묶었습니다.

모두 서둘러 갑판 아래 따뜻한 방으로 내려갔습니다.

아주머니는 등불을 켜고 냉잇국을 따끈하게 데웠습니다.

저녁을 먹고 나서는 다 같이 둘러앉아 재미있는 이야기도 하고
노래도 부르며 놀았습니다. 종일 바깥 바람을 쐰 머위와 앵초는 금세
피곤해져서 포근한 침대 속으로 기어들어 갔습니다. 찰싹찰싹 부딪히는
강물이 배를 가만가만 흔들어 머위와 앵초를 재워 주었습니다.

네 마리 들쥐는 갑판에 앉아 스쳐 지나가는 나무와 강둑을 바라보며
눈초롱 아주머니가 준비해 온 점심을 맛있게 먹었습니다.

바위솔 아저씨가 배를 조종하며 사방을 둘러보았습니다.

"바람이 점점 세지는구나. 아무 일 없도록 준비해라."

바로 그때 배가 한쪽으로 기우뚱하면서 사과 한 알이 바닥으로 굴러
떨어졌습니다.

"제가 한번 조종해 봐도 돼요?"

머위가 물었습니다.

"지금은 바람이 너무 강해서 안 된다, 얘야."

"좀 빠르게 가네요."

눈초롱 아주머니가 걱정했습니다.

"그래요. 빨리 도착하겠지요."

바위솔 아저씨가 밧줄을 힘껏 잡아당기며 쾌활하게
대답했습니다.

"나는 바다족제비다! 비켜라!"

장난을 치던 머위가 그만 밧줄에 발이
걸려 넘어지면서 바위솔 아저씨가 잡고
있던 조종키에 부딪쳤습니다. 아저씨가 빨리
키를 잡아 보았지만 이미 늦었습니다. 배는 휙 방향을 틀면서 개울가
둑 쪽으로 머리를 돌렸습니다. 그리고 이상한 소리를 내며 멈춰
버렸습니다. 배가 낮은 개울 바닥에 걸린 것이었습니다.

"이제 바다에 가긴 다 틀렸어."

앵초가 울먹였습니다.

"죄송해요."

머위는 눈물이 글썽해서 고개를 떨구었습니다. 바위솔 아저씨가 노로
배를 강바닥에서 밀어내려고 했지만 소용없었습니다. 아저씨는 한숨을
쉬며 말했습니다.

"오늘은 더 이상 못 가겠다. 저녁이나 먹자."

다음 날 아침, 네 마리 들쥐는 쏟아지는 빗소리에 눈을 떴습니다.

바위솔 아저씨가 작은 창으로 밖을 내다보니 밤새 내린 비로 개울물이

불어나 배가 다시 물에 떠 있었습니다.

"됐다!"

아저씨는 소리치며 갑판으로 뛰어올라가 조종키를 잡았습니다.

"가서 지도를 가져와라. 바다에 거의 다 온 것 같다."

"저기 보세요. 갈매기 바위인가 봐요. 배도 보여요."

앵초가 저만치 앞쪽을 가리켰습니다.

배가 가까이 다가가자 강둑에서 낚시질하고 있는 바닷쥐들이 눈에

띄었습니다.

바위솔 아저씨가 두 손을 입에 대고 소리쳤습니다.

"이리로 계속 가면 모래 항구에 도착할 수 있나요?"

"여기에 내려서 저 벼랑 쪽으로 난 길을 따라 걸어가는 게 더 빨라요."

낚시하던 쥐가 소리쳐 알려 주었습니다.

바위솔 아저씨는 다른 배들 사이에 솜씨 있게 배를 대었습니다.

네 마리 들쥐는 배에서 내려 소나무 숲 사이로 난 가파른 길을 천천히
걸어 올라갔습니다.

드디어 언덕 맨 꼭대기에 다다랐습니다.

"야!"

모두 생전 처음 보는 경치에 입을 다물지 못했습니다.

그것은 오후 햇살을 받아 바짝반짝 빛나고, 끝없이 멀리 펼쳐진……

바다였습니다!

"정말 넓다!" "진짜 파랗다!"

머위와 앵초가 말했습니다. 네 마리 들쥐는 미끄러지지 않게 잡초
다발을 꼭 붙잡고 차례로 언덕을 내려갔습니다. 앵초는 이리저리
둘러보았습니다.

"이제 어디로 가요?"

바위솔 아저씨가 지도를 펼쳤습니다.

"바닷말 옆을 지나서 오른쪽으로 가라고 되어 있구나."

조금 가다가 눈초롱 아주머니가 모래 언덕에 쥐들이 모여 있는 것을
보았습니다.

"실례합니다. 혹시 섬바디 씨를 아세요?"

"전데요."

바위솔 아저씨가 반갑게 악수를 청했습니다.

"찔레꽃울타리 마을에서 왔어요. 소금이 떨어져서요."

"용케 찾아오셨군요. 오느라 수고하셨어요. 우리 가족을 소개할게요.
아내 흰꽃바디와 아이들 갯방풍, 소라, 솜다리입니다."

모두 식탁에 둘러앉았습니다. 네 마리 들쥐는 처음 보는 바다 요리를 맛보았습니다.

"이건 뭐예요? 꼭 먹어야 해요?"

머위가 밤색 바닷말을 보며 물었습니다.

"그것도 몰라? 미역이야! 얼마나 맛있는데."

갯방풍이 말했습니다.

눈초롱 아주머니는 얼른 다른 이야기를 꺼냈습니다.

"섬바디 집안이 이곳에 산 지는 오래되었나요?"

"우리 집안은 몇 대에 걸쳐 이 모래 언덕에 살고 있답니다. 아주 오래 전 우리 조상은 푸른 들을 떠나 이곳에 자리잡았지요. 그 뒤로는 한 번도 푸른 들에 가 본 적이 없어요. 가끔은 그곳이 어떤 곳일까 궁금하기도 해요."

바닷쥐와 들쥐들은 서로의 생활에 대해 즐겁게 이야기했습니다.

"찔레꽃울타리 마을에서 선물을 좀 가지고 왔어요."

눈초롱 아주머니는 바구니를 들고 왔습니다. 사과 할머니가 만든 꿀떡과 과일잼은 바닷쥐들이 처음 맛보는 달콤한 음식이었습니다. 꿀에 절인 제비꽃은 막내 솜다리가 하도 좋아해서 높은 선반 위에 올려놓아야 했습니다.

"꼬마들아, 이제 잘 시간이다. 내일 날씨가 좋으면 바닷가에 가자."

섬바디 아서씨가 말했습니다.

눈초롱 아주머니는 머위와 앵초에게 짐을 풀라고 말하고 흰꽃바디
아주머니에게 갔습니다. 흰꽃바디 아주머니는 부엌에서 밤색 바닷말을
씻으며 부지런히 식사 준비를 하고 있었습니다.
"미역 드셔 보셨어요?"
"아니요. 하지만 무척 색다른 맛일 것 같네요."
눈초롱 아주머니가 대답했습니다.

흰꽃바디 아주머니도 반갑게 맞아 주었습니다.

"피곤하시지요? 어서 들어와 쉬세요. 손부터 씻으시겠어요?"

아주머니는 네 마리 들쥐를 목욕탕으로 데리고 갔습니다.

"저기 있는 물로 씻으세요."

아주머니가 바닥의 물통을 가리켰습니다.

"마실 물은 부엌에 있어요."

바위솔 아저씨와 눈초롱 아주머니가 묵을 방은 바다를 향해 있었습니다.

머위와 앵초는 아이들 방에서 자기로 했습니다.

다음 날 아이들은 눈을 뜨자마자 바닷가에 가자고 졸랐습니다.
"모두 챙이 넓은 모자를 쓰렴. 햇볕이 몹시 따가울 거야."
흰꽃바디 아주머니가 아이들에게 주의를 주었습니다.
"점심도 싸 가지고 가서 종일 바닷가에서 놀자."

갯방풍과 머위가 모래성을 쌓는 동안, 소라와 앵초는 바위 틈에 고인
물 속에서 조개껍데기를 주웠습니다. 막내 솜다리가 아장아장
돌아다니며 언니, 오빠들을 방해했습니다.

어른들은 모래밭에 돗자리를 깔고 아이들이 노는 모습을 지켜보면서
친구와 가족에 대한 이야기를 주고받았습니다.

눈초롱 아주머니가 갑자기 파도가 모래사장으로 점점 밀려 올라오는
것을 보고 놀라 큰 소리로 아이들을 불렀습니다. 섬바디 아저씨가
아주머니를 안심시켰습니다.

"밀물이에요. 바닷물은 하루에 두 번씩 들어왔다 나갔다 하지요.
곧 바닷물이 여기까지 들어올 거예요. 이제 가야 할 것 같군요."

셋째 날, 머위가 눈을 떠 보니 바다 위로 먹구름이 몰려오고 있었습니다.
섬바디 아저씨가 비옷을 걸치며 서둘러 아이들 방 앞을 지나갔습니다.
"비가 쏟아지기 전에 소금판을 덮어야 한단다. 좀 도와주겠니?"
섬바디 아저씨와 아이들은 모래 언덕 뒤쪽으로 뚫린 굴 속으로
뛰어갔습니다.
굴을 빠져나와 보니 바람이 더욱 세차게 불고 있었습니다. 아저씨는
빨간색 깃발을 당겨 올렸습니다. 그러고는 모두가 긴 잡초밭을 헤치고
소금밭으로 달려갔습니다.
머위는 땅 위에 놓여진 큰 판 두 개를 보았습니다. 하나는 뚜껑이
닫혀 있었고 하나는 열려 있었습니다.

섬바디 아저씨는 달려가서 잠겨 있는 판의 고리를 풀어 열려 있는
판쪽으로 뚜껑을 힘껏 밀었습니다.

"이 안에 뭐가 들어 있어요?"

머위가 소리쳐 물었습니다.

"이 판에는 바닷물을 길어다 넣는데, 햇볕에 물이 마르면 소금이
남는단다. 우리가 그 소금을 쓰는 거지. 저 판에는 빗물을 받아
놓았다가 먹을 물로 쓰고."

간신히 소금판에 뚜껑을 옮겨 덮자 바다 쪽에서부터 빗방울이 세차게
내리치기 시작했습니다. 집에 돌아올 즈음에는 집채만 한 파도가
모래사장으로 밀려오고 물보라가 창문을 뒤덮었습니다.

흰꽃바디 아주머니는 아이들 방 벽난로에 불을 지피고 등불을 켰습니다.

"어떤 때는 며칠을 꼼짝없이 집에만 있어야 해."

소라의 말에 갯방풍도 맞장구쳤습니다.

"겨울에는 특히 더 하단다."

아이들은 카드 놀이도 하고 공기 놀이도 하고 바닷말을 붙여 그림도
만들면서 시간을 보냈습니다.
머위는 갯방풍과 함께 작은 배를 만들고 돛과 조종키도 달았습니다.
앵초는 엄마에게 기져디 드릴 선물로 돌에디 예쁜 쥐를 그렸습니다.

밤 사이 비바람이 다 지나갔습니다. 섬바디 아저씨는 아침에
일어나자마자 날씨가 어떤지 살펴보았습니다. 문 앞의 바닷말도
만져 보고 손을 들어 바람의 방향도 느껴 보았습니다.

"배를 타고 돌아가기에 좋은 날씨예요."

"그렇다면 서둘러 떠날 채비를 해야겠군요."

바위솔 아저씨가 말했습니다.

"우선 창고에서 소금을 가져올게요. 세 통이면 충분하겠지요?"

어른들이 바쁘게 준비를 하는 동안 아이들은 모래 언덕에 꼬불꼬불
수없이 많이 난 굴 속을 뛰어다니며 술래잡기를 했습니다. 비린내 나는
미역이 가득한 창고 속, 소금에 절인 뿌리를 넣은 병 뒤, 반짝이는
조개껍데기 더미 위……. 숨을 곳은 정말 많았습니다.

"우리, 땅 속 방에 내려가 볼래?"

술래였던 갯방풍이 말하자 아이들은 모래 언덕 가장 깊은 곳에 있는
춥고 어두운 방으로 따라 내려갔습니다.

"비바람이 아주 심할 때는 이곳에 내려와. 여기는 진짜 안전하거든."

소라가 설명해 주었습니다.

"얘들아, 어디 있니? 떠날 시간이다!"

흰꽃바디 아주머니의 목소리가 멀리서 들려왔습니다.

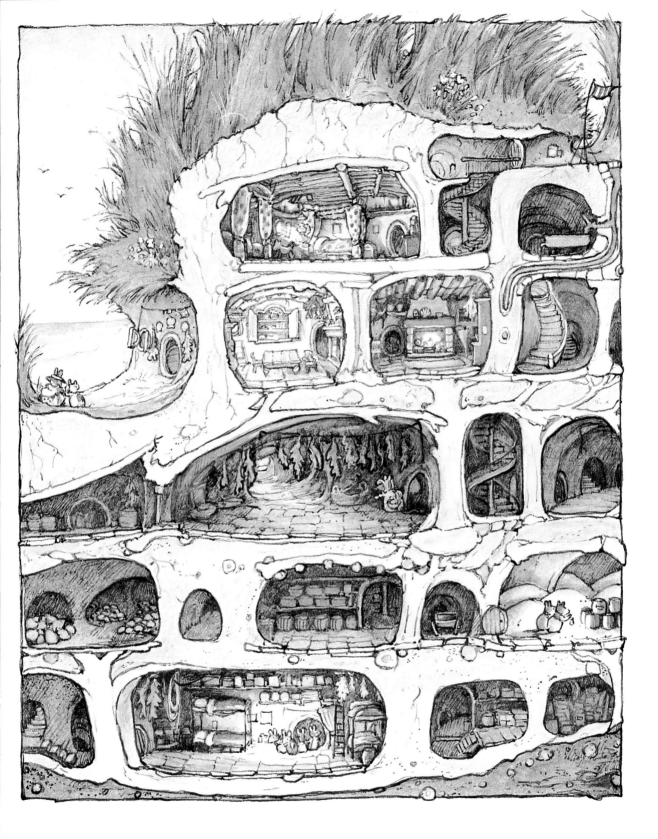

머위와 앵초는 마지못해 방으로 가서 짐을 챙겼습니다. 머위는
갯방풍과 함께 만든 배를 배낭에 묶고 바닷가에서 주운 조개껍데기는
주머니에 넣었습니다. 앵초는 아쉬운 마음에 창 밖으로 바다를
바라보며 말했습니다.

"집에 가기 싫어."

그러자 갯방풍이 재빨리 말했습니다.

"선물이야. 아주 특별한 조개껍데기란다. 귀에 대면 파도 소리가 들리고
우리가 생각날 거야. 꼭 다시 놀러 와."

바위솔 아저씨와 섬바디 아저씨는 손수레에 소금통을 실었습니다.
모두 옷가방과 선물 꾸러미를 들고 모래 언덕 위를 걷기 시작했습니다.
벼랑에 난 길을 조심조심 내려가서 드디어 배가 묶여 있는 곳까지
왔습니다. 바위솔 아저씨와 섬바디 아저씨가 낑낑거리며 많은 짐들을
배에 실었습니다.

“소금이 물에 젖지 않게 조심하세요.”

섬바디 아저씨가 말했습니다.

“언제 한번 놀러 오세요. 찔레꽃울타리 마을을 구경시켜 드리고 싶어요.”

눈초롱 아주머니도 아쉬워하며 인사했습니다.

“자, 떠납시다.”

바위솔 아저씨가 외쳤습니다.

“아가야, 너는 여기 있어야지.”

눈초롱 아주머니가 바구니 안에 있던 솜다리를 안아 내렸습니다.

모두 새로 사귄 친구를 정답게 껴안으며 작별 인사를 했습니다.
눈초롱 아주머니가 밧줄을 풀고 바위솔 아저씨는 돛을 올렸습니다.
배가 움직이기 시작했습니다. 머위와 앵초는 갯방풍과 소라가
보이지 않을 때까지 손을 흔들었습니다.

"나는야, 뱃사람!
하얀 파도 타고 여행하지요.
그래도 그리운 집으로 가는 게
제일 좋아요."

머위가 부르는 노랫소리와 함께 배는 부드러운 바람에 강굽이를
매끄럽게 돌아 흘러갔습니다.

THE

THE
CHESTNUT WOODS

Hazelhornbeam
Crabapple
Cottage

T H E   F

Blackberry Patch

Rabbit holes.

Brambly
Hedge